Analyse de l'œuvre

Par Lucile Lhoste

Les sept soeurs (tome 1)

Lucinda Riley

lePetitLittéraire.fr

Analyse de l'œuvre

Par Lucile Lhoste

Les sept soeurs (tome 1)

Lucinda Riley

lePetitLittéraire.fr

Rendez-vous sur
lepetitlitteraire.fr
et découvrez :

Plus de 1200 analyses
Claires et synthétiques
Téléchargeables en 30 secondes
À imprimer chez soi

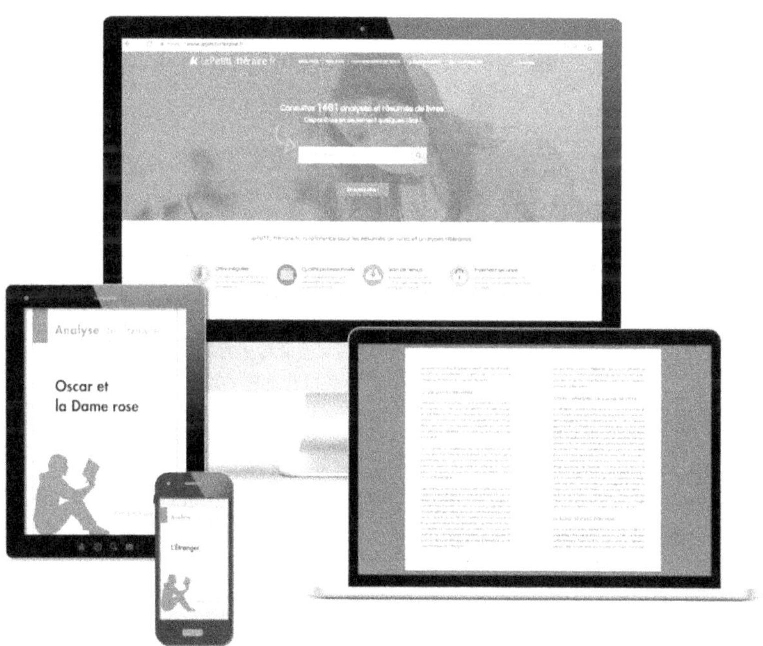

LES SEPT SŒURS - MAIA

LE PARCOURS D'UNE FEMME
À LA RECHERCHE DE SES ORIGINES

- **Genre :** roman
- **Édition de référence :** *Les Sept Sœurs - Maia*, Paris, Livre de Poche, 2021, 670 p.
- **1ʳᵉ édition :** 2014
- **Thématiques :** secrets de famille, Brésil, amour, destins brisés, adoptions

Après la mort de leur père adoptif, Maia d'Aplièse et ses sœurs reçoivent chacune un indice sur leurs origines. Maia, l'ainée de la famille, reçoit un carreau de stéatite gravé de deux noms et les coordonnées géographiques du manoir brésilien où son histoire a commencé. Elle s'envole donc pour Rio de Janeiro où, aidée par l'un des auteurs qu'elle traduit, elle part sur les traces de sa famille. S'entremêlent alors le récit de Maia et celui de son arrière-grand-mère Izabela, via ses lettres et les souvenirs de ceux qui l'ont connue. Maia découvre ainsi les années décisives de la vie de son ancêtre, déchirée entre sa raison qui lui impose un bon mariage et la passion qui la pousse dans les bras d'un artiste parisien, et y trouve elle-même la force de sortir du carcan familial pour vivre sa propre vie.

Le roman est en réalité le premier d'une série de sept, où chaque sœur découvre son histoire. Mais en plus de conter les péripéties de Maia, ce livre empreint de références historiques – en particulier la construction de la statue du Christ rédempteur – introduit des questions qui restent sans réponse et se prolongent dans une série qui multiplie les destins tragiques, les rencontres et l'amour. Le décès de Lucinda Riley en juin 2021 a manqué mettre un point final à la série, mais l'auteure a confié à son fils Harry la tâche de faire publier le huitième et dernier tome, qui répondra aux questions sur le père des sœurs, prévu en 2023. Les droits ont également été achetés pour une future adaptation télévisée.

LUCINDA RILEY

ACTRICE ET ÉCRIVAINE BRITANNIQUE

- **Née en 1968 à Drumbeg (Irlande du Nord)**
- **Décédée en 2021**
- **Quelques-unes de ses œuvres :**
  - *En coulisse* (1994), roman
  - *La Maison de l'orchidée* (2012), roman
  - *L'Ange de Marchmont Hall* (2017), roman

Lucinda Edmonds nait le 16 février 1968 à Drumbeg. Elle baigne très jeune dans le milieu artistique, sa mère et sa grand-tante étant actrices. Dès son adolescence, elle étudie la danse classique et le théâtre et passe son temps libre à étudier l'histoire et la philosophie. Elle est repérée par un réalisateur de la BBC et commence une carrière d'actrice durant laquelle elle rencontre son premier mari. Alors qu'elle a 24 ans, le virus d'Epstein-Barr l'oblige à garder le lit : elle occupe son temps en écrivant son premier roman. Elle signe d'abord pour trois livres et fonde une famille, avant de divorcer et de retourner vivre en Irlande. Elle se remarie en 1998, en Angleterre, mais ses quatre enfants sont encore jeunes et elle s'occupe d'eux, écrivant sans publier.

Quelques années plus tard, elle prend comme nom de plume Lucinda Riley, son nom d'épouse, et publie d'autres romans. Après une formation universitaire en philosophie, elle imagine en 2013 une histoire basée sur les Pléiades. Ainsi nait la saga littéraire des *Sept Sœurs*, qui connait un immense succès mondial. De manière générale, dans les années 2010, Lucinda Riley enchaine les ventes et les prix littéraires et écrit avec son fils ainé une série de livres pour enfants, *Les anges gardiens*. Elle partage alors sa vie entre l'Angleterre, l'Irlande, pays avec lequel elle a des affinités, et la Provence où elle a une maison. Sa famille annonce son décès le 11 juin 2021 d'un cancer, contre lequel elle luttait depuis quatre ans. Elle aura auparavant confié à son fils la tâche de veiller à l'édition du tome terminal des *Sept Sœurs*.

RÉSUMÉ

L'HISTOIRE D'IZABELA

En novembre 1927, à Rio de Janeiro, la jeune Izabela « Bel » Rosa Bonifacio a bientôt 18 ans et désespère de l'ambition de son père de lui trouver au plus vite un mari. Lors de la fête donnée pour son anniversaire, on lui présente entre autres Gustavo Aires Cabral, un jeune homme cultivé, mais qui ne l'attire pas. Il est cependant clair que ce prétendant a les faveurs de ses parents et qu'il est déjà très amoureux. Pour satisfaire ses parents, Bel accepte donc de l'épouser. Elle pose néanmoins une condition : que Gustavo l'autorise à voyager en Europe avec son amie Maria Elisa avant le mariage, afin de découvrir la culture de l'Ancien Monde. C'est ainsi qu'en l'an 1928, elle embarque vers Paris avec son amie et sa famille, le père de Maria Elisa, Heitor da Silva Costa, devant chercher un artiste pour sculpter son projet de statue du *Cristo*. Un jour, le senhor da Silva Costa offre qu'elle l'accompagne lors de son entretien avec le sculpteur Paul Landowski ; elle pourrait ainsi visiter l'atelier pendant leur discussion. Sur place, Bel a un coup de cœur pour l'assistant de Landowski, Laurent Brouilly. Laurent propose de faire une statue de la jeune fille et un amour mutuel nait entre les deux jeunes gens pendant le processus. Malgré les mises en garde de Margherida, une amie qu'elle s'est faite à Paris, Bel croit en l'amour de Laurent. Mais le retour approche et à contrecœur, elle décide de rentrer au Brésil, bien que son amant lui ait proposé de rester. Elle épouse Gustavo fin janvier 1929 et même si elle pensait s'accommoder de cette union, la réalité la rattrape : son devoir conjugal est un calvaire, et Gustavo boit tant qu'il ne lui accorde pas d'attention.

Pendant ce temps, à Paris, Landowski doit livrer les premières pièces du *Cristo* mais est très occupé : c'est donc Laurent qui va au Brésil à sa place. Il emporte avec lui sa statue, que Gustavo a désiré offrir à sa nouvelle épouse comme présent de noces. Laurent se voit donc obligé de revoir Bel. Très émus, les deux amants décident de se revoir le lendemain pour discuter et entament une liaison. Quatre mois plus tard, la mère de Bel, Carla, tombe malade et Bel l'accompagne à sa fazenda pour être avec elle dans ses derniers jours. À son retour en octobre, sa domestique Loen lui fait prendre conscience qu'elle est enceinte. Cependant, vu que Gustavo s'est souvent révélé incapable de remplir son devoir conjugal, le bébé ne peut être que de Laurent. Nous sommes alors en octobre 1929, et les premiers signes du krach boursier se font sentir : les actions du café, dans lequel le père de Bel, Antonio, a fait fortune, dégringolent. Bel a de son côté d'autres problèmes : Laurent doit rentrer à Paris et lui propose encore une fois de l'accompagner. Désireuse de préserver sa famille et l'avenir de son futur enfant, Bel choisit de rester à Rio. Elle écrit une lettre à Laurent pour le lui annoncer et charge Loen de la lui apporter. Mais Gustavo, mis au courant par sa mère de la proximité de Bel et Laurent, surprend la domestique lorsqu'elle va à l'appartement de l'artiste. Il confisque la lettre et la déchire après l'avoir lue, ne laissant à Loen qu'un carreau de stéatite gravé à apporter comme message de Bel.

Bel accouche en 1930 de sa fille, Beatriz, tandis que Loen donne elle aussi naissance à une fille, Yara. Les deux enfants auront la même relation que leurs mères jusqu'au présent. Quant à Bel, elle mène les comptes de la maison, auprès d'un Gustavo qui s'est enfin ressaisi, rassuré que sa femme l'ait choisi lui. Elle assiste néanmoins en 1931 à l'inauguration du *Cristo*, et succombe trois jours plus tard à une fièvre jaune.

L'HISTOIRE DE BEATRIZ ET CRISTINA

Comme Beatriz a la peau pâle et les yeux verts, Gustavo a immédiatement la confirmation qu'il n'est pas son père. Il aimait toujours Bel malgré tout, et sa mort le plonge plus encore dans l'alcool. Beatriz est donc élevée par son grand-père paternel Antonio et noue une solide relation avec celui-ci, qui s'est remis en se lançant dans la plantation de tomates. À l'âge de 17 ans, elle décide comme sa mère de partir en Europe. Elle étudie aux Beaux-Arts parisiens pendant cinq ans, ayant sans le savoir son père biologique comme professeur. Après ça, elle fait un mariage d'amour avec Evandro Carvalho de qui elle a un garçon mort en bas âge et une fille, Cristina. L'enfant est néanmoins difficile : dès l'école primaire, elle prend plaisir à harceler et maltraiter ses camarades. À l'adolescence, elle fréquente des individus louches, boit, se drogue, et est renvoyée du lycée. Evandro et Beatriz lui posent alors un ultimatum : soit elle accepte de se ranger et de se soigner, soit ils lui coupent les vivres. Cristina choisit de partir et retourne dans la favéla où elle passait déjà le plus clair de son temps. Ils ne la reverront jamais.

Néanmoins, en 1974, Beatriz apprend par une amie travaillant dans un orphelinat que Cristina est venue y déposer un bébé, avec la pierre de lune que sa mère lui avait offerte à ses 18 ans. Evandro et elle se rendent immédiatement sur place, mais le bébé a déjà été adopté. Comme Cristina n'a laissé aucune preuve légale de son identité, ils ne peuvent même pas avoir d'informations sur le lieu où le bébé a été emmené ou ceux qui l'ont adopté. Bien des années plus tard, veuve, âgée et malade, Beatriz a abandonné tout espoir de revoir un jour son petit-enfant. Yara, restée à ses côtés toutes ces années, a quant à elle gardé les lettres et les souvenirs conservés par sa mère, aujourd'hui décédée. Aucune d'elles ne soupçonne que l'enfant, de son côté, est sur le point de retrouver leur trace.

L'HISTOIRE DE MAIA

En vacances chez une amie à Londres, Maia d'Aplièse apprend que son père adoptif vient de succomber à une crise cardiaque. Elle retourne aussitôt chez elle, sur les bords du lac de Genève, et y retrouve ses cinq sœurs. L'avocat de la famille leur apprend que leur père a laissé à chacune d'elles un message, et à toutes une sphère armillaire sur laquelle figurent des coordonnées géographiques liées à leur passé. Celles de Maia renvoient à la Casa das Orquídeas à Laranjeiras, en bas du Corcovado : il s'agit de la demeure de la famille Carvalho-Aires Cabral. Maia n'a pas envie d'y aller tout de suite, mais un appel téléphonique de son amour de jeunesse, Zed Eszu, la convainc de fuir la Suisse, car elle n'a aucune envie de le revoir. Par coïncidence, l'un des auteurs avec lesquels travaille Maia – elle est traductrice dans l'édition – habite Rio de Janeiro et accepte avec plaisir de la guider une fois sur place. Au début, Maia se rend à la maison de Beatriz. Elle se heurte à un refus total de dialoguer. Elle y retourne ensuite avec Floriano, son collègue auteur, et obtient un résultat quand Yara lui donne les lettres de Bel – qui couvrent la période jusqu'à la fin du séjour à Paris.

Pendant ce temps, Floriano, qui est aussi historien, creuse l'histoire de la famille Aires Cabral et découvre le nom de la mère de Maia ainsi qu'une photo qui prouve que Laurent est venu à Rio en 1929. Le fragment de stéatite que Maia a eu avec le message de son père, analysé par un ami de Floriano, révèle quant à lui le nom d'Izabela et les premières lettres du prénom de Laurent. Maia décide alors de presser un peu plus Beatriz et Yara, mais la maison est vide : Beatriz vient d'être hospitalisée pour ses derniers jours. Yara accepte toutefois de rencontrer Maia et lui fait le récit de ce que sa mère lui a dit de la vie et des secrets d'Izabela entre son mariage et le retour de Laurent à Paris. Beatriz, elle, veut bien recevoir Maia et lui raconte l'histoire de Cristina. Maia n'a pas toutes les réponses à ses questions, mais retourne en Suisse sereine et amoureuse, puisqu'elle a fini par nouer une vraie relation avec Floriano. Elle y passe quelques jours, le temps de contacter son avocat pour faire un testament en faveur du fils qu'elle a secrètement eu avec Zed et confié à l'adoption treize ans auparavant. Puis, défiant les décisions de son arrière-grand-mère, elle accepte une proposition de Floriano et part s'installer au Brésil avec lui.

Pendant ce temps, la seconde sœur, Ally, surprend une conversation téléphonique de la maison vers une voix qu'elle reconnait, ouvrant la voie au deuxième livre de la saga.

ÉTUDE DES PERSONNAGES

MAIA D'APLIÈSE

Maia est l'héroïne du roman et l'ainée des six sœurs. Âgée de 33 ans, elle a été adoptée au Brésil par celui qu'elle surnomme Pa Salt, un énigmatique milliardaire. Elle a vécu toute sa vie dans leur grande demeure au bord du lac de Genève, où elle occupe un pavillon. Elle a vu arriver petit à petit ses sœurs, toutes adoptées comme elle : Alcyone « Ally », Astérope « Star », Célaéno « CeCe », Taygète « Tiggy » et Électra. Maia a un don pour les langues qu'elle a mis à profit à l'université en étudiant notamment le portugais, et est ensuite devenue traductrice. Mais cette époque a aussi vu arriver le drame de sa vie : à 19 ans, elle est tombée enceinte de son petit ami de l'époque, Zed Eszu. Ce dernier ne voyait pas leur relation comme très sérieuse, aussi Maia a-t-elle accouché en secret avec la complicité de la gouvernante de la famille, Marina, puis confié son fils à l'adoption. Elle s'est ensuite terrée dans le pavillon, avec un métier qui ne nécessitait pas de se déplacer. Ses relations avec son père et Marina sont par conséquent restées très fusionnelles, au point qu'elle traite la gouvernante comme une mère.

La mort de Pa Salt lui donne l'occasion de sortir de sa zone de confort et de révéler un tempérament impétueux, proche de celui de son arrière-grand-mère. Physiquement, elle lui ressemble en plus énormément. Bien qu'elle n'avait pas au départ de grande envie d'éclaircir ses origines, ce qu'elle découvre lui permet de voir qu'elle a sans le savoir reproduit sa propre histoire – sa mère l'ayant elle aussi abandonnée à un âge analogue au sien. Elle a également l'opportunité de tisser des liens, aussi brefs soient-ils, avec sa grand-mère Beatriz, qui décide de lui léguer tous ses biens à sa mort – soit principalement la Casa das Orquídeas et la fazenda. Forte de ses expériences, Maia décide de faire un geste à son tour envers son fils, en établissant un testament de manière à ce qu'il hérite d'elle, même si elle renonce à se faire connaitre auprès de lui.

Maia a aussi de très grandes difficultés à accorder son affection et à se laisser aimer, notamment à cause du drame qu'a été la fin de sa relation avec Zed. Elle s'interdit même de se détendre et de s'amuser, ce que Floriano la forcera à faire, la libérant d'un poids tant spirituellement que sentimentalement. Elle y trouvera le courage nécessaire pour changer totalement de vie et s'installer à Rio.

IZABELA ROSA BONIFACIO

Izabela, dite « Bel », est une très belle jeune fille vivant à Rio de Janeiro. Âgée de 17 ans en novembre 1927, elle doit être présentée à la bonne société et se marier rapidement, mais son effronterie lui rend cette situation difficile. Elle aime profondément ses parents, Carla et Antonio, et sacrifie à plusieurs reprises son bonheur pour ne pas les décevoir. Sa famille est en effet fortunée, son père, descendant d'immigrés italiens, ayant fait fortune dans les plantations de café, mais Antonio rêve de voir sa famille avoir des entrées dans la bonne société. Malgré son dégout pour les mondanités, elle finit par se plier aux conventions pour épouser Gustavo, immédiatement tombé amoureux de ses cheveux sombres et ses yeux noirs. Elle a tout de même quelques amies, à commencer par sa domestique, Loen, qui a le même âge qu'elle, et Maria Elisa. Bel ne peut cependant forcer ses sentiments et n'a aucune affinité amoureuse avec Gustavo ; elle croira longtemps être incapable de passion.

Sa rencontre avec Laurent Brouilly, à Paris, gomme définitivement cette perspective. Bel tombe amoureuse pour la seule fois de sa vie et si elle privilégie toujours l'intérêt de sa famille, elle ne peut non plus se passer de son amant. Cette attirance rejoint son intérêt général pour la culture et l'art en particulier ; on voit en effet que Bel a un véritable attrait pour l'édification du *Cristo*, avant d'assister à son inauguration. Ses parents ont veillé à ce qu'elle ait une bonne éducation, pendant laquelle elle montre des prédispositions culturelles qui font écho à celles de Maia pour les langues. Bel n'aura qu'un seul enfant, Beatriz, conçu avec Laurent, et meurt à l'âge prématuré de 21 ans.

FLORIANO QUINTOLAS

Floriano est un Brésilien d'ascendance portugaise par sa mère et italienne par son père, qui illustre le mélange de cultures qui s'est créé au fil du temps au Brésil. Il habite un appartement dans un quartier de Rio avec sa fille de 6 ans, Valentina, et une étudiante qu'il héberge en échange d'un peu de babysitting. Il est veuf : sa femme Andrea est morte d'une infection qui s'est aggravée après que des médecins hospitaliers l'ont pourtant renvoyée chez elle. Floriano est depuis très critique envers le système de santé brésilien. Maia remarque tout de suite sa beauté, ses cheveux noirs et épais et ses yeux noisette. Ils se sont connus bien avant leur rencontre physique puisque Floriano est l'un des romanciers traduits par la jeune femme. Comme il le reconnait lui-même, ses livres sont un moyen de mettre un peu plus d'argent de côté pour sa famille. Il est passionné de son métier de départ, historien, et ne rate pas une occasion de le mettre en œuvre pour aider aux recherches de Maia.

Solaire et serviable, il se montre toujours enthousiaste, mais cache quelques failles : la mort d'Andrea l'a profondément marqué et il est très soucieux du futur de sa fille, qui souffre de dyslexie. Au contraire de Zed Eszu, il pousse Maia à se projeter et à envisager un futur où elle trouverait son bonheur. Bien que la situation économique et sociétale ne soit pas la même que 80 ans auparavant, ce contraste peut rappeler celui entre Laurent et Gustavo. Il y a en effet une part d'ombre d'un côté et une part de lumière de l'autre, mais aussi un choix entre une union de convenance, Zed étant issu d'une famille riche et en vue, et une relation guidée par de véritables sentiments au futur plus incertain, mais bien plus épanouissante.

LAURENT BROUILLY

Laurent est un artiste désargenté parisien, élève sculpteur de Paul Landowski. Il vient d'une famille noble et aurait même été comte si son ambition artistique n'avait pas poussé son père à le déshériter. Sa famille lui a coupé les vivres, de sorte qu'il vit désormais dans une mansarde en colocation avec six autres individus. Il passe pour un homme à femmes, ce qu'il reconnait, et a une technique de séduction bien rodée qu'il met à profit pour charmer Izabela. Laurent se retrouve cependant pris à son propre piège quand il tombe vraiment amoureux au fur et à mesure qu'il sculpte Bel. Il suppliera à plusieurs reprises son amante de le choisir, mais se heurtera à ses valeurs familiales. Ils auront néanmoins une liaison de février à octobre 1929, pendant laquelle ils conçoivent leur fille Beatriz qui hérite des yeux verts de son père. Père et fille se rencontrent à la fin des années 1940, quand elle vient étudier les Beaux-Arts. Ayant compris leur filiation, Laurent la prend alors sous son aile et après le retour de Beatriz chez elle, ils correspondent jusqu'à la mort de l'artiste en 1965.

Laurent est un homme passionné, totalement emporté par son amour pour celle qui restera la femme de sa vie. Il est bien conscient qu'il n'a rien à lui offrir matériellement et socialement par rapport à Gustavo, mais ne peut se résoudre à la laisser partir. Il a un grand talent qu'il met au service de la personne de Bel – une deuxième statue d'elle, réalisée après leur relation, figure dans le parc de Marigny à Paris – et de la bonne société brésilienne. Ses œuvres sont appréciées et ne prendront fin qu'avec la coupure du mécénat de la mère de Gustavo, qui suspend son aide en apprenant qu'il est l'amant de Bel. Il est aussi le dernier possesseur connu dans le passé du car-reau de stéatite, dont on ignore comment il est ensuite arrivé entre les mains de Pa Salt. D'après Landowski, bien conscient des déboires sentimentaux de son élève, sa mésaventure avec Bel a sans doute contribué à faire de lui un meilleur artiste, et il peut prétendre au rang de maitre après avoir tant souffert.

CLÉS DE LECTURE

Les sœurs de la famille d'Aplièse sont inspirées des Pléiades, sept sœurs de la mythologie grecque. Filles d'Atlas – dont Pa Salt est la quasi-anagramme – et de Pléioné – qui donne le P de Pa Salt –, une nymphe aquatique, elles se sont presque toutes unies à des dieux et sont ainsi liées à de grands peuples et des figures mythologiques importantes. Dans certaines variantes mythologiques, elles ont une autre sœur, Calypso – celle qui retient plusieurs années Ulysse auprès d'elle lors de son voyage de retour à Ithaque –, ainsi que Hyas pour frère et les Hyades, les nymphes des pluies, comme autres sœurs. Pourchassées par le chasseur Orion pour leur grande beauté, elles furent transformées en colombes pour leur protection et, à leur mort, en étoiles localisées dans la constellation du Taureau. Cet amas qui rassemble au total plusieurs milliers d'étoiles est situé à plus ou moins 444 années-lumière de la Terre, mais la plupart des sept sœurs sont visibles à l'œil nu. Comme les personnages du roman et de la saga, elles se nomment Maia, Alcyone, Astérope, Celaéno, Taygète, Electre et Mérope.

La corrélation avec la mythologie ne s'arrête pas là puisqu'à bien des égards, les personnages des *Sept Sœurs* ont des points communs avec leur inspiration. La dernière sœur, Mérope, est par exemple absente jusqu'au septième tome de la saga. Dans la mythologie, elle est également à part vu qu'elle est la seule à avoir épousé un mortel – Sisyphe, qui fut condamné à pousser éternellement un rocher en haut d'une colline – et s'est ensuite selon plusieurs versions couvert le visage pour fuir sa honte d'être mariée à un criminel. En astronomie, son étoile est la moins visible, tout comme la Mérope des romans puisqu'elle n'a jamais intégré la maison familiale. Astérope est souvent présentée comme la plus faible, ce qui rejoint son statut de dominée dans les romans par rapport à sa sœur CeCe. Ally tire son intérêt pour la mer et son métier de navigatrice de son pendant qui veillait sur la Méditerranée. Electre est la troisième étoile la plus brillante de la constellation – derrière Alcyone et Atlas –, or l'Electra du roman est une célébrité au tempérament volcanique. Tiggy, quant à elle, est aussi solitaire que son homologue puisqu'elle vit dans l'isolement des Highlands – quoique la mythologie fasse de Taygète la mère du fondateur de Sparte et l'arrière-arrière-grand-mère du héros Persée.

Maia, héroïne du tome 1 des *Sept Sœurs*, présente plus d'une ressemblance avec l'ainée des Pléiades. Elle est considérée comme étant d'une grande beauté, ce qui devient surtout évident en comparaison avec Izabela. Alors que la Maia des Pléiades eut le dieu Hermès avec Zeus après une relation secrète, Maia a eu un fils avec son petit ami Zed dont le nom de famille, Eszu, est l'anagramme de Zeus. Cet évènement est également resté secret puisqu'en dehors de la gouvernante Marina, de l'avocat de la famille et potentiellement de Pa Salt, personne n'est au courant de l'existence de l'enfant. Alors que la Maia mythologique est ensuite amenée à élever

Arcas, fils illégitime de Zeus et de la nymphe Callisto, Maia d'Aplièse va également élever un enfant qui n'est pas le sien puisque la fin du roman la place comme belle-mère de Valentina. Elle partage aussi la solitude de son homonyme, qui vit seule dans une caverne. Maia a en effet choisi un métier qu'elle peut exercer à domicile et vit plus ou moins recluse au domaine de la famille d'Aplièse, dans un pavillon pour lequel elle règle un loyer mensuel à son père. Depuis sa mésaventure avec Zed, elle s'est isolée et a réduit sa vie personnelle au strict minimum. Cette évolution reflète aussi le statut de Maia en astronomie : autrefois l'étoile la plus brillante des Pléiades, elle a cédé cette place à Alcyone au fil du temps, comme Maia d'Aplièse le fait en laissant Ally diriger lorsqu'il faut mener des discussions de famille.

LES INFLUENCES HISTORIQUES

La statue du Christ Rédempteur

L'intrigue du premier roman de la série des *Sept Sœurs* est en grande partie guidée par le projet d'édification de la statue du Christ Rédempteur, dit *Cristo* par les personnages, qui domine encore aujourd'hui la ville de Rio de Janeiro depuis le relief du Corcovado. Si le projet d'édifier un monument religieux à cet endroit date du XIXe siècle, l'idée d'une statue du Christ sur le Corcovado nait en 1921, dans le cadre des célébrations liées au centenaire de l'indépendance du Brésil. Le projet choisi est celui de l'ingénieur Heitor da Silva Costa (1873-1947), le même que celui repris dans le roman. Il avait d'ailleurs historiquement bien une fille prénommée Maria Elisa, mais sa relation avec Izabela et leurs interactions au Brésil et lors du voyage en Europe ne sont qu'invention nécessitée par la fiction. Pour étudier la construction et réaliser la maquette, il s'est rendu dans l'Ancien Monde entre 1924 et 1927 et a rencontré Paul Landowski (1875-1961) à qui il a effectivement confié la réalisation du projet. Bien que le roman indique que Landowski a créé les mains, sur le modèle de celles d'Izabela, et la tête du *Cristo* qui prend toute la place dans son atelier, cette dernière a vraisemblablement plutôt été conçue par Gheorghe Leonida (architecte et sculpteur roumain, 1892-1942).

Les travaux de réalisation de la statue débutent en 1926. Deux ans plus tard, l'armature métallique prévue est remplacée par une structure en béton armé réalisée par Albert Caquot (ingénieur français, 1881-1976). Le *Cristo* est aussi redessiné pour adopter la forme cruciforme que l'on connait aujourd'hui. Quant au revêtement, comme indiqué dans le roman, il a bien été réalisé en stéatite, une roche tendre à base de talc, mais très résistante, ce qui permet à Lucinda Riley de construire le parcours du carreau de stéatite des mains d'Izabela à celles de Maia. Les femmes de la bonne société participaient à la pose des carreaux sur un grillage, et il n'était pas rare qu'elles y écrivent des noms de leurs familles ou d'êtres aimés. L'édifice final mesure 38 mètres – 30 pour le *Cristo* lui-même et huit pour la base – pour 1145 tonnes. L'inauguration a eu lieu le 12 octobre 1931, ce qui situe la mort d'Izabela dans le roman le 15 octobre de cette année-là, et celle de la mère de Gustavo autour du 20. Le Christ Rédempteur est conçu à la fois comme un lieu de tourisme, qui accueille chaque année des centaines de milliers de visiteurs, et au départ comme un symbole religieux. Cette dernière valeur s'est gommée avec les années, le *Cristo* étant aujourd'hui surtout une icône participant au rayonnement de la ville. De nombreux travaux ont dû être effectués en 80 ans pour le préserver, la statue ayant déjà été vandalisée et étant souvent victime de la foudre. Mais son importance pour le Brésil lui vaut d'être régulièrement entretenue par les autorités, et une quinzaine de copies ont été construites en Amérique et en Europe.

Le krach boursier de 1929

La fin de la deuxième partie du roman consacrée à Izabela voit également advenir le krach boursier de 1929. Les années 1920 étaient une bulle dorée, qui a vu une forte croissance des pays partout dans le monde. Cette croissance est cependant trop rapide, et l'économie faiblit dès 1928 par endroits – l'Allemagne, par exemple, entre en récession. La production industrielle recule, tandis que les cours en bourse explosent. De nombreux spéculateurs en profitent alors pour revendre leurs actions et faire un large bénéfice, mais contribuent ainsi à une baisse subite des cours. Le 24 octobre 1929, resté dans l'histoire comme le « jeudi noir », les acheteurs se sont raréfiés à un tel point que les cours s'effondrent aux États-Unis, que les bourses ferment et que des émeutes éclatent. Malgré l'intervention des banques pour sauver ce qui peut l'être, le 28 octobre – le « lundi noir » – voit les bourses s'effondrer à nouveau. Le lendemain 29 octobre, le « mardi noir », la baisse se poursuit et par un effet domino entraine des effondrements dans toutes les bourses du monde les années qui suivent. Les entreprises connaissent de grandes difficultés de trésorerie et font faillite pour les plus fragiles. Les difficultés économiques vécues par certains pays ont mené à des coups d'État et, en Allemagne, ont indirectement permis l'émergence du parti nazi et l'arrivée au pouvoir d'Adolf Hitler (fondateur du nazisme, 1889-1945).

Dans les *Sept Sœurs – Maia*, Izabela voit effectivement les premiers signes de l'affaiblissement boursier arriver peu après son retour à la Casa das Orquídeas en octobre 1929. Le cas des plantations de café est notamment abordé, puisqu'il s'agit de la principale source de revenus de son père Antonio. Il est ainsi expliqué que les producteurs et la production de café au Brésil sont désormais trop importants par rapport à la demande, et donc que les revenus engendrés par cette activité sont désormais de plus en plus bas. Gustavo et son père Mauricio, qui ont une certaine influence politique, tentent alors de négocier et d'intercéder en faveur d'Antonio, mais c'est peine perdue puisqu'il perd tout. Ailleurs dans Rio, le chaos est total, les activités économiques sont menacées et l'hypothèse d'un blocage total du port plane, ce qui précipite le retour de Laurent à Paris. La date inscrite sur le carreau de stéatite, apposée la veille de l'ultime rendez-vous manqué de Bel et Laurent avant son départ, est le 30 octobre 1929, soit tout juste après la semaine charnière du krach boursier. La maison Aires Cabral se retrouve suite à cette crise totalement ruinée, puisque c'était la famille de Bel qui les finançait, et survit en limitant ses dépenses comme elle avait déjà tendance à le faire avant le mariage de Bel et Gustavo. Le présent dans lequel intervient

Maia semble indiquer que les richesses ont manqué pour entretenir le domaine, dont les jardins sont laissés à l'abandon et la maison abimée par le temps.

LA DOUBLE TEMPORALITÉ

Les Sept Sœurs – Maia est divisé en quatre parties : deux pour Maia, entre juin et juillet 2007, et deux pour Izabela, entre novembre 1927 et octobre 1929. Maia est la narratrice première du récit : les parties qui la concernent sont écrites à la première personne et c'est sa quête d'origines qui est au centre de l'intrigue. Les parties dédiées à Izabela dérivent en revanche des lettres de la jeune femme, celles de Laurent et des souvenirs de Loen. Elles n'interviennent que quand Maia découvre les faits qui y sont relatés et sont, elles, écrites à la troisième personne.

Entrer dans les souvenirs d'Izabela de cette manière, avec un texte continu plutôt qu'avec une succession de lettres et de bribes de souvenirs, permet de pénétrer plus profondément les états d'âme de la deuxième héroïne du récit. Bel n'a certes que de 17 à 19 ans, soit la moitié de l'âge de son arrière-petite-fille, mais elle partage sa soif de vivre et de sortir d'un carcan dans lequel elle se sent de plus en plus étriquée. En revanche, l'écart d'âge se fait sentir dans leur différence d'état d'esprit. Si Bel semble à la fois impétueuse et posée, c'est avant tout conditionné par son éducation et ses valeurs. En réalité, elle tient encore de l'adolescente qu'elle est un esprit de révolte qui ne supporte pas d'être enfermé dans la case de la bonne épouse socialement élevée. De plus, tantôt elle se croit incapable de passion, tantôt elle tombe éperdument amoureuse, telle une jeune fille à l'aube de ses émois, ce qu'était Maia avant de rencontrer Zed.

Le contraste entre les deux époques offre aussi à voir deux versions du Brésil : la ville foisonnante d'aujourd'hui, et la bonne société des années 1920. À en croire les personnages de cette époque, en particulier Antonio, il est extrêmement important de se faire une place dans le beau monde, presque plus que d'entretenir sa fortune. Une jeune fille convenable doit être bien éduquée dans de multiples domaines et apporter sa dot à un beau mariage qui contribue à la position sociale de sa famille. Il est d'ailleurs question d'arrangement plus que d'un vrai mariage des deux côtés : autant la famille Bonifacio veut s'adjoindre un « nom », autant les Aires Cabral, qui sont peu fortunés, recherchent dans cette union un moyen d'être entretenus financièrement. Seul l'argent en lui-même importe de ce côté-là, puisqu'il faudra forcer auprès de la mère de Gustavo pour que Bel puisse ne serait-ce que donner un avis sur les comptes de la maison. Il est indéniable que Gustavo est amoureux de sa femme, mais reste une question qui préoccupe tout le monde : la conception d'un héritier. Chaque membre de la famille exprime à un moment donné son avis sur la question : on comprend ainsi que la pression est forte sur chacun des mariés et qu'il est extrêmement important de perpétuer le nom Aires Cabral.

La ville de Rio de Janeiro est elle aussi visible sur deux époques. On voit principalement dans le passé une frange haute de la société, dans laquelle gravite Bel, où les fréquentations mondaines se multiplient et où avoir une piscine est un motif de vantardise et un ornement – Bel ne pourra jamais s'y baigner. En 2007, Maia découvre une ville très animée, parfois dangereuse le soir, et profondément multiculturelle. Elle observe également un contraste saisissant entre les quartiers : celui de Floriano l'étonne par sa simplicité, et elle est profondément émue de découvrir les favélas et les enfants qui y vivent. Le mélange des cultures a, lui, traversé les années : vanté par Floriano en 2007 comme l'une des particularités du Brésil, il s'illustre aussi en 1927 par les origines européennes d'Antonio et les origines franco-brésiliennes de Beatriz. La réflexion entamée en 1927 est intéressante : on oppose certes Ancien Monde – l'Europe – et Nouveau Monde – l'Amérique –, mais en estimant que chacun a sa pierre à apporter, et qu'il y a beaucoup à apprendre pour les Brésiliens en s'imprégnant des traditions de leurs congénères outre-Atlantique.

PISTES DE RÉFLEXION

QUELQUES QUESTIONS POUR APPROFONDIR SA RÉFLEXION...

- De quelle manière l'association entre Maia et Floriano rappelle-t-elle celle entre Bel et Laurent ?

- Plusieurs personnages du roman sont inspirés de figures mythologiques. Illustrez cette idée avec des exemples.

- La vie de Maia est construite en partie en écho à celle de son homonyme mythologique. Comment ce fait a-t-il participé à faire d'elle le personnage que l'on découvre au début du récit ?

- En quoi le carreau de stéatite mentionné à plusieurs reprises est-il un reflet de la façon dont fut construit le revêtement du *Cristo* ?

- Heitor da Silva Costa, sa fille Maria Elisa et le sculpteur Paul Landowski ont réellement existé et participé à la conception du *Cristo*. Quelle est la part de réalité et de fiction dans la façon dont l'auteure les décrit ?

- Lucinda Riley a voyagé à Rio pour les recherches liées au roman et vécu en face d'une favéla. Quel épisode de l'intrigue de Maia fait écho à la profonde émotion qu'elle vécut à l'époque ?

- L'auteure a choisi de dédier tout un pan du récit à la narration de l'histoire de Bel plutôt que de simplement retranscrire les lettres et souvenirs des protagonistes de l'époque. À votre avis, qu'est-ce qui a motivé ce choix ?

- Comment l'éducation et les valeurs de Bel influencent-elles ses décisions, et avec quelles conséquences ?

POUR ALLER PLUS LOIN

ÉDITION DE RÉFÉRENCE

- RILEY L., *Les Sept Sœurs – Maia*, Paris, Le Livre de Poche, 2021.

SOURCES COMPLÉMENTAIRES

- Site officiel de Lucinda Riley, consulté le 16/11/2021. URL : http://fr.lucindariley.co.uk/.

Votre avis nous intéresse !
Laissez un commentaire sur le site de votre librairie en ligne
et partagez vos coups de cœur sur les réseaux sociaux !

lePetitLittéraire.fr

- un résumé complet de l'intrigue ;
- une étude des personnages principaux ;
- une analyse des thématiques principales ;
- une dizaine de pistes de réflexion.

**Retrouvez
notre offre complète sur
lePetitLittéraire.fr**

www.lepetitlitteraire.fr

ISBN version numérique : 9782808026017
ISBN version papier : 9782808026024
Dépôt légal : D/2021/12603/141

Conception numérique : Primento,
le partenaire numérique des éditeurs.

www.ingramcontent.com/pod-product-compliance
Lightning Source LLC
LaVergne TN
LVHW010845200726
843508LV00012B/2756